Traduit de l'anglais par Anne de Bouchony
ISBN : 2-07-057748-1
Titre original : *I want to go home!*
Publié par Andersen Press Ltd., Londres
© Tony Ross 2006, pour le texte et les illustrations
© Gallimard Jeunesse 2006, pour l'édition française
Numéro d'édition : 143953
Loi n° 49-956 du 16 juillet 1949
sur les publications destinées à la jeunesse
Dépôt légal : août 2006
Imprimé en Italie par Grafiche AZ

Je ne veux pas changer de maison !

Tony Ross

GALLIMARD JEUNESSE

Un jour, la reine trouva un nouveau château.

– Le nôtre est trop petit, depuis que nous avons ton petit frère !

Et puis, il y a tous ceux-ci, dit-elle.

– Et tous ceux-là...
– Je ne veux vivre nulle part ailleurs,
dit la petite princesse.

– Oh si, tu verras, dit la reine.
Il y aura beaucoup plus de place.

C'est ainsi que le duc de Quelquepartailleurs acheta le vieux château...

... et que la petite princesse emménagea dans le nouveau.

– JE NE VEUX PAS CHANGER DE MAISON !
dit la petite princesse.

– Voici ta maison, dit la reine.
Regarde, ta nouvelle chambre est super :
elle est grande, et tu as toutes tes affaires.

– JE NE VEUX PAS CHANGER DE MAISON !
dit la petite princesse.

– Mais regarde le nouveau jardin, dit la reine.
Le jardinier aura peut-être besoin que tu l'aides.

– JE NE VEUX PAS CHANGER DE MAISON !
dit la petite princesse.

— Mais regarde la nouvelle cuisine, dit la reine.
— Je veux rentrer à la maison TOUT DE SUITE !
dit la petite princesse.

— Très bien, dit la reine.
Tu peux retourner au vieux château,
mais seulement pour jeter un coup d'œil.

– C'est le duc de Quelquepartailleurs qui vit là maintenant. Regarde comme il a repeint le château !

– Le petit duc est installé dans ton ancienne chambre !

– Regarde la belle nouvelle cuisine !
dit la duchesse de Quelquepartailleurs.

– Et vois comme le jardin est agréable
sans ces horribles arbres et ton hamac...

– Prenons le thé avec des gâteaux sur la pelouse...

... mais ne fais pas tomber de miettes.

– Nous ne voulons pas attirer les oiseaux, n'est-ce pas ?
Je dois aspirer le gazon tous les jours
pour le garder propre.

– JE VEUX BIEN CHANGER DE MAISON !
dit la petite princesse.
– MOI AUSSI ! dit la reine.

– Mmmmmmmm ! dit la petite princesse.
C'est beaucoup mieux !

La petite princesse en album
aux Éditions Gallimard Jeunesse

Je veux grandir !
Je veux manger !
Je veux une petite sœur !
Je ne veux pas aller à l'hôpital !
Je veux ma tétine !
Lave-toi les mains !
Je veux ma dent !
Je ne veux pas aller au lit !
Je veux ma maman !
Je veux un ami !

En album tout carton pour les petits

Je veux grandir !
Je veux manger !
Je veux une petite sœur !
Je veux ma tétine !

Livre à rabats

Je veux mon cadeau !

En Folio Benjamin

Je veux mon p'tipot !
Je veux grandir !
Je veux manger !
Je veux une petite sœur !
Je ne veux pas aller à l'hôpital !
Lave-toi les mains !